文芸社セレクション

歌集2001年

中窪 利周

NAKAKUBO Toshichika

JN035576

文芸社

目次

歌集２００１年

一月

雪の舞う二〇〇一年元旦に今年こそはと思うことあり

酒を呑みコタツに入り寝転んで駅伝観ている吾が悔しい

懐かしく君の文字読む年賀状ワープロ・パソコン時代になっても

例年と何も変わらぬお正月世紀が変わること以外には

倒れ込む中継地点とゴールにはタスキつないだ路が見えてる

このタスキ皆の汗が浸みこんで全員一緒にゴールインする

二〇〇三年四月七日が鉄腕アトムの誕生日なんだよ
あと二年したらアトムの誕生日手塚治虫に居てほしかった

雪の舞う夜中に父を病院へ連れて行く吾は幸か不幸か

確実に老いは来ている我身にも老親恨むはいつか行く道

初めてのスキー楽しむ我子より大人ぶりした電話が届く

久しぶり会いたいですねと年賀状きっと今年も会えないだろう

豊作を「よのなか」と云う村に居てその方言を知らず四十年

人生を八十年としたならばあと半分は生きねばならず

成人の日に何思う若者よ吾の時代と遥か離れて

吾のことを第三者にいかにしてアピールするかこれが課題だ

成人の日とは大人になるのではなくて大人の資格を得る日

あの日からもう六年も経つことをみんな知っているのだろうか
（阪神・淡路大震災）

寝てる間に雪は降り積む知らぬ間に世間は白く染められており

餅を焼くトンドの周りの雪は溶け雪降るなかでしばし暖とる

毎日を面白くもなくただ時間流れるままに暮らす空しさ

することはいくらでもあるただそれをしようと思う気持ちになれない
生きていることに感謝し生きているあれから六年吾は生きてる
六年前歩きし街の悲しみを忘れてしまう時が来るのか

毎日の呑む酒の量増えており毎日の不満に比例して

本当に美味しい酒を呑みたくて一升瓶を手にする日もあり

好き嫌いはげしい事が人間の人間らしさと吾は信じる

何事も自分中心我儘に暮らしていけたらどれだけいいか

仕事が出来ないくせに昼休みテニスは一所懸命にする

毎日の不満ばかりが多すぎてだんだん自分が嫌になっていく

恋の歌書こうと思いペンをとる文字は仕事の疲れをなぞる

一週間もう一週間経ったのと日曜の夜サザエさん観る

色っぽい事も言えずに現実の暮らしに流され現実のなか

貴乃花優勝したら曙が引退をするひとつの時代

日本人より日本人らしかった曙のこと初めて認める

雪を待つ子供の頃に戻れたら違う人生歩めるだろうか

許せないことは何かと尋ねられお前の存在とすぐ答える

話したくない奴ばかりの毎日に疲れ自分を見失っている

二十一世紀になって一ヶ月何も変わらぬ生活がある

ニュースとは人の不幸と政治屋の悪事を流すことしか知らぬ

子と会話せぬ父が居り父の顔見ることのない子と暮らしおり

残された時間のことを考えてこれではダメといつも思うが

歴史とは人が時代をつくるのか人はただ操られているのか

瞽女唄を唄う女《ひと》あり今もなお百年の間灯りともして

君は何を考える初マラソン何も恐れず現代《いま》風ギャルは

いつもより少し明るい窓の外寝てる間に雪は積もりて

ひと月が経ってしまった新世紀何も変わらぬ自堕落な日々

この雨が雪へと変わる可能性あるかないかと若草山見る

二月

明日は今日の自分よりも一日の経験がある違う自分だ

今日もまた思いどおりにいかなくて自分自身に腹を立ててる

日記には本当のこと書かないで一年先の楽しみとする

また日曜もう日曜日そしてすぐ月曜になる単純な日々

明日には今日の自分を超えたくていくつになっても目標だけは

今朝の雨雪を溶かしてひと時を春待ちのように流してくれる

絵のような三笠の山に満月が浮かんでいる風景を見る

走りたいでも走れないこのままじゃ自分を変えることができない

放浪に憧れながらも現実を知っているから何もできない

一週間前に見舞ったあの人がもう居ない人儚いものだ

突然に訃報は訪れ日常のように過ぎ去る数日のこと

知らぬ人だけど目を閉じ懸命に記憶を探る隣でバカ笑い

三十年前に遊びし子の顔を母を亡くした子の顔を見る

想い出もない人の通夜少しでも思い出そうとただ写真見る

友が死に何年振りかの同窓会賑やかな声お祭り気分

見識のない上司には吾のこと評価などしてもらいたくない

我国の首相を見ると我上司アホさかげんがとても似ている

不幸とは幸福の意味考えるその時間を持つ吾が居る事

何もいい事がなかった一日を振り返るだけ空しさの中

誰も彼も自分一人が大切で誰もが同じことに気付かず

どんよりと海と重なる空を見て前田純孝想う日本海

旅をする者には絵になる日本海暮らす人には申し訳ない

海の上青空のある朝に居て昨日と別の日本海眺《み》る

現実の暮らしを離れわがままにカニと露天の風呂にたわむれ

この子等に吾の背中はどんな風に映っているか反省の日々

親として何もできない現実をまだ夢を見る吾は気付かず

旅に居て本当の自分を探してる見つけることのできない現実

何日もかかって読めない一冊の本の事ふと思ってしまう

一時間でもいい自分の好きなよう使える時間吾に与えて

梅が咲くほどの暖かい日になりこのまま春になればと思う

お水取り終わるまでこの暖かい日は嘘の春明日はまた冬

この間片付けたばかり雛人形また一年が流れていった

雛人形並べる今日はまた冬に戻ったような雪の降る午後

この道をいつまで走れるかなんてこと考えてしまう記録に接して

一年に一度走れる幸せを感じて今年で十八年目

暖かき日は数日で去って行き春はまだ来ぬそんな今日の日

三月

水取りの奈良を訪ねて下さいと何年振りかで手紙が届く

まだ春は来ない水取り終わるまでライオンの様に三月は来る

真剣になってしまった本当に得した気分で貴方を見送る

プロとして相手していたつもりでも本気になって真剣にする

富士山は眺める山と新幹線の窓から流れる姿を追いかけ

青春の時代は遥か彼方にて呼び戻したい一部分だけ

マラソンを走る自分を重ねおり世界を駆けるランナー達に

完走を目標とするランナーに記録は優勝タイムと同じ

二月堂への道ばかり描きし人会える楽しみのみで散歩する

一日のこの一筋の筆の跡残して描きし絵が増えてゆく

今日の寒さは寒の戻りかもしれずまだ春は来ぬでもすぐそこに

昨日は黄砂が降って今日雪が降る三月七日はまだ冬の中

病院のベッドに居りし父はもう弱気になっているかに見えて
なるようにしかならないと割り切ってくよくよしないでガンバレと願う
何もすることがないただ点滴の落ちるを眺め一日が過ぎ

入院という名のもとに家を出て少し楽しき年は過ぎ行き

吾にとりどんな人かも知らぬのに通夜に参りぬただ家として

家として顔出す事が必要と死亡通知に家族会議す

もう二度とお水取り観ることもない友が訪ねし岩手県より

幼き日より今日までの想い出が訃報電話と共に訪れ

通夜の酒呑みし語りし亡き人の想い出話を肴としながら

懐かしき友より電話の内容は同級生《クラスメイト》の死亡の通知

いつか来るでも早すぎる同級生その死にふれて少し弱気に

順番を変えてはいけないことがある親より先に死ぬということ

同級生通夜に集いて同窓会また一人欠けまだ若いのに

ふきのとうつくしも顔出す春になりもう雪の降ることはないだろう

一年を振り返る今年度末過ぎた時間を悔やむ事のみ

持たしてはいけない奴が持つ人事権振り回し組織を崩す

成長のない上司ほど扱いの困難なことありゃしない

退院の日を数えては毎日を過ごすしかないベッドの上で

退院という二文字に期待して今日一日が静かに終わる

バーミヤンの石仏爆破のニュース見て廃仏毀釈の時代を思う

定年という二文字に人生の終わりを感じる時が来るのか

墓参りすることの意味考えて彼岸の一日過ごす若者

せめて一日くらい先祖のことを想う時間が必要と思う

春四月人事異動の時期となり笑う奴より泣く奴が増える

卒業の日を迎え六年生はもう中学生になっている
何も好い事がなかった一年を思い出というには悔しすぎて
一昔前の卒業式の事懐かしいと言う人の多きに

一年の早さを感じ一年を振り返りまた同じと思う

観梅を楽しむ余裕もないくらいハンドルを持ちアクセルを踏む

テレビでは地震の被害を伝えおり遠くの事と吾は見ており

父の死を知らせる電話かける君事務的にただ明日は休ませてと

雨の日に「キャスト・アウェイ」を観終わって現実の中ロマンを観ている

去る人の事を思いし吾もまた必ず来る日と定年を待つ

一日の事を尋ねてみたいけど親子の会話なき春休み

父の死を信じることができないと告別式の君の背は言う

一匹のアホが居たため崩れゆく組織は悲しい存在なりや

一年の復習をしろ春休み父の言葉は子には届かず

送別の会に集いて思うこと嬉しい奴と淋しい奴と

年度末一期一会というけれど去り行く人を思う一日

夜桜を楽しむ余裕もない日々をやけ酒を呑み過ごす毎日

満開の桜の花に降る雪を窓から眺める三月末日

巷間の桜の花に降る雪を窓から眺める三月吉日

また冬に戻ったような一日を春服に降る雪と過ごして

四月

一年の過ぎ行く早さと空しさを四月一日来るたび思う

担任の先生は誰になるのだろう子供が不安気に話しくる

エイプリルフールのせいにしてすぐにばれるような嘘で楽しむ

宿題の無い春休みあっという間に過ぎて行きもう新学期

窓の外ただぼけ～っと眺めおり自由な時間大切な時間

読みたいと思った本を探し出すその瞬間がとても楽しい

子供等にマンガを読むなと言えぬ吾その本すべて吾の蔵書

手塚作品は親子をつなぎとめ会話の無き時話題に使う

もう一年季節の中で暮らしおりトラクターでドライブをする

農作業レクリエーションでする気分デスクワークから解放されて
一週間前に眺めし桜花散って川辺に積もりし山と
散る桜川の流れに浮かびおりどこまで春を連れ去るのやら

続かない事と知りつつ日記書く吾はまだまだ修行が足りぬ

時計見てもう今日終わる時間までただ何もせず過ごす人居り

人間の性が一番問題と言えばセクハラと言われるだろうか

三波春夫が死んだというテロップが流れるテレビの前で思うこと

思い出はオリンピックと万博と日本が元気であった時代だ

たまの日曜日に子供と過ごすとき何を話していいかわからず

メル友という人種いる社会では生きていけないらしい人間

こんにちは世界の国からこんにちは歌いし人がさよならをする

うそだろう河島英五逝くなんてその早すぎる死を信じられず

半年前ライブに参加したばかり河島英五の歌が残りて

英五とは心に残る詞《うた》を書きだみ声似合う大きなる人

若かった頃に歌いし歌のこと河島英五の真似ばかりして

十八の時に作った曲だとは「酒と泪と男と女」

貴方からもらった英五のカセットを何年振りかで流している夜

人生の一部分でも残したいこの世に存在してるのだもの

懐かしいＬＰジャケット眺めては河島英五を偲んでいる夜

田植機の点検をする時季になり苗の長さを横目で見ながら

先週の今日に英五は旅立った心に残る歌を残して

二十年前の英五の声を聴く二十年前のカセットテープで

プロ野球ニュースを楽しむ夜が好き巨人が敗《ま》けたと知っているから

許される事の何かを求めても応えてくれない現実を過ごす

おもいっきり叫びたいけど叫べないそれは自分の弱さだろうか

真実を求める事が本当にいい事なのかわからない時

僕が三十年前に読んだマンガ子供が夢中になる手塚治虫

雨の振る連休初日の緑の日四月も終わり五月が楽しみ

新年度もうひと月が流れ去る人間関係それだけに疲れ

新しき仕事をこなせず一ヶ月この先見えないストレス溜まる

五月

世間ではゴールデンウィークというけれどカレンダーのまま仕事している

連休のあるを嬉しく思う頃もう過ぎて今遊ぶ時間なし

明日からの連休対策どうするか都会と違う農繁休暇

こいのぼり泳ぐ広場に夜に居て子等が作りしメザシを眺める

一年に一日乗車の田植機でドライブ楽しむ水田の中

四本の平行線が並び行く苗が植わりて緑広がる

連休の中日すること何もなく空白の一日「ハンニバル」観る

乗用の田植機にして運動量減ってビールを控えめにする

城の町彦根に居りて幕末の時代を生きた人を偲んで

この山にどんな城があったのか石垣を眺め安土を想う

ゴールデンウィーク終わり明日からの普通の暮らし待ちわびており

気付かずにいたカエルの声窓の外田植えも終わり明日は雨か

春蝉の啼く声響く東大寺土塀の路を歩く昼休み

連休を明けて遠足小学生奈良公園で弁当ひろげる

雑念も入らぬ耳にカエル等の啼声止まず侵略される

もう梅雨が沖縄に来たとテレビから流れる今日は湿気が高い

遠足の子等が蠢く東大寺大仏殿に声の響いて

弁当を広げる楽しさ思い出す奈良公園の子供等を見て

通勤の列車の内より観察す人は皆々同じリズムで

早苗田がようやく緑に見える頃カエルの啼声にぎやかになる

ゲンゴロウいつから見なくなったのか忘れてしまった少年時代

除草剤撒くために入る水田に水生昆虫散らばり泳ぐ

小学校時代の友と呑む酒はいつまでたってもあの頃のまま

遠足の子供等はしゃぐ奈良公園シカも集いて移動してゆく

水取りの季節を想い初夏に居て二月堂より眺める風景

どうしても作ることなどできないと思い込まずにやってみるだけ

イチローの活躍ばかりの一面を巨人の選手がどう思うのか

交尾という言葉を自然に口にする子もいつかは異性を知るだろう

六月

フルートを吹く人が居る浮見堂どこか淋しい梅雨晴れの夕

桜桃忌忘れてしまうほどに今太宰を愛した青春《とき》は過ぎ行く

週末にこの一週間を振り返り何も無かった事を痛感

子供等と共に過ごせし日曜日大教大の事件を思いつ

信じてる大人の事は疑わず自然のままに子等は語りて

帰り道車を停めてウィンカー灯し蛍の群がりを観る

梅雨の中休み天気は夏のよう六月半ばにもう夏休み

降りそうな空を眺めて六月の梅雨の去るのを待つ昼下がり

雨の中舞う蛍見る初めての光は遠く吾の前去く

蛍狩り子供の頃は竹箒現在は車のハザードランプ

見る夢は夢らしくない夢ばかりもう夢を見る年齢じゃないのか

七月

小泉の人気のせいで参院選単なるドタバタ喜劇に終わる

正体を隠し言葉でつくろってただ小泉に便乗しただけ

誕生日何事も無く日常をいつもと同じペースで歩く

この歳になると嬉しくないけれど覚えてくれてる人が居てほしい

七月の終わりに哀しこの年の何も無く過ぐ吾何もせず

明日からは八月今年もあと五月のまま過ぎる時間空しき

八月

真夜中の山陽道を九州へ一年一度のロングドライブ

この橋を渡れば別れる本州と視界に広がる海を眺めて

昨年の思い出話に花が咲く一年老いた人が集いて

終戦という言葉にも若者は何も感じずただ夏休み
また来年元気で会える事のみを楽しみにして子等を見送る

九月

台風が来るかもしれないこんな夜コオロギの声不安に聞こえる

ただ酒を呑んでは眠る毎日が嫌になるからまた酒を呑む

台風に備えて雨戸を閉めており何もなければそれがなにより

テレビでは燃えるアメリカペンタゴンテロという名の天災なのか

今日も無事感謝しながら生きているそんな時代になったのだろうか

正義とは答えられない争いが当然のように起こる現実

彼岸花咲く土手にある思い出は手腐花と呼んで避けた日

肌寒き朝迎えつつ過ぎ去りしこの夏の暑さを懐かしんでる

秋めいて子供と山栗拾い来て吾の子供の頃思い出す

二十数年ぶりの「モダン・タイムス」色褪せることなく現在《いま》も輝く

三十年前の記憶を辿り行く懐かしい場所現在《いま》は消え失せ

近鉄の劇的優勝瞬間がテレビを点けたと同時に映る

背番号3が去り行く巨人軍ひとつの時代がたしかに終わる

あと二回小学校での運動会明日は天気になればいいけど

イチローが新人最多安打打つメジャーリーグに国籍はない

世界最高記録での優勝の高橋尚子のベルリンを観る

十月

勲章をもらえるほどに我父は生きた証を残す人たり

ユニフォーム脱ぐ人の背に数々のドラマを想い「お疲れさん」と云う

振り返る時代がすべていい時代ではないけれど戻りたい今

十一月

タリバンもアルカイーダも紅白の歌合戦でケリつけられれば

母も娘《こ》もはまり込んでる魔法の世界「ハリー・ポッター」会話の鎹

日本海その波の音雷鳴も初冬の旅のＢＧＭとす